AF296580

LES AVEUX INDISCRETS,

OPERA COMIQUE

MÊLÉ D'ARIETES;

Par M. DE LA RIBADIERE;

Repréfenté pour la premiere fois à la Foire Saint Germain, le Mercredi 7 Février 1759.

Le prix eft de 24 fols.

A PARIS,

Chez MICHEL LAMBERT, Imprimeur-Libraire, rue & à côté de la Comédie Françoife, au Parnaffe.

M. DCC. LIX.

Avec Approbation & Privilége du Roi.

AVERTISSEMENT.

CET Ouvrage a été fait en vers, & mis en Musique il y a quatre ans; on a été obligé, pour le donner au Public, de substituer de la prose à la place du Récitatif. L'Auteur de la Musique a cru devoir le faire graver en grande partition, & laisser subsister les Récitatifs tels qu'ils avoient été faits. Il paroîtra vers le 25 de ce mois; on le trouvera aux Adresses ordinaires.

ACTEURS.

LUCAS, *mari de Claudeine.*

CLAUDEINE, *femme de Lucas.*

COLIN, *mari de Toinette.*

TOINETTE, *fille de Lucas & de Claudeine.*

LE BAILLI.

La Scene est dans un Hameau.

LES AVEUX
INDISCRETS,
OPERA COMIQUE.

SCENE PREMIERE.
COLIN.

A I R.

LE jour que l'on prend femme
On est joyeux :
L'Amour brûle notre ame
De tous ses feux.
De la beauté qu'on aime
Le cœur est plein :
Est-il toujours de même
Le lendemain ?

De mon nouveau ménage
Je suis content, moi.

Toinette a ma foi;
Sa douceur m'engage:
Fillette à fon âge
Eft de bon aloi;
Elle fera fage,
Je n'ai point d'effroi.

Le jour, &c.
Je fuis encor de même
Le lendemain.

SCENE II.

COLIN, TOINETTE.

COLIN.

EH bien, ma chere Toinette, te voilà donc? Tu as l'air trifte.... Allons, leve les yeux : fçais-tu que dans une heure Lucas viendra fçavoir fi je fuis ton mari, & fi tu es ma petite femme? Tu boudes déja?... Doutes-tu que je t'aime? Regarde-moi....

TOINETTE.

Ah! nenni, je n'oferois.

COLIN.

Quoi, tu refufes ton mari, ton cher Colin?

TOINETTE.

Ah dame, je fuis honteufe.

COLIN.

Bon, bon, cette honte-là ne fait point
de mal; mais jarnonbille, troques-la con-
tre deux fois autant de gaité, ça fera mieux.
De la joie, ma Toinette, de la joie : tiens,
nos noces font faites; tu fçais le proverbe,
quand les paroles font dites . . . .

AIR. N°. 1.

Avant la noce, ma Toinette,
Ces façons-là font bel & bien;
　Mais quand la noce eft faite,
　　Ça n'fert de rien.　　　　**bis.**

TOINETTE.

AIR.

Eh bien, je m'y hazarde;
Eh bien, je vous regarde;
　Là, voyez-moi.
　Ai-je l'avantage
　Que dans mon vifage
　Vous trouviez de quoi
　N'être point volage?

COLIN.

AIR.

Va, mon cœur; va, ma chere femme,
　De tes beaux yeux

S'élance une flamme
Qui me rend heureux.

Je veux t'aimer fans cefle,
Que mon feu croiffe chaque jour ;
Que jamais ta tendreffe
Ne puiffe égaler mon amour.

Va, mon cœur, &c.

Il faut pourtant que je te le confeffe . . :
Et j'en fuis tout honteux.
J'eus autrefois une maîtreffe,
Que j'en fus amoureux !
La main la plus belle,
Tous les traits charmans :
Ah ! qu'avec elle
J'ai paffé d'heureux momens !

Mais mon cœur, &c.

Qu'as-tu ? tu pâlis !

TOINETTE.

Vous me faites là, Colin, une confidence
qui ne doit pas me réjouir beaucoup.
Elle pleure.

COLIN.

Eh quoi ? tu pleures ! de la jaloufie ? Va,
je te peux raffurer d'un feul mot. Elle eft
morte.

TOINETTE.

Bon, bon, elle eſt morte !

COLIN.

Je te le jure .... Ecoute : demain nous ferons déja vieux époux. Le quart d'heure d'après le mariage, il n'y a pas plus de reméde qu'il n'y en auroit dans dix ans. Maris & femmes ſont faits pour s'aimer comme Amans, & ſe ſupporter comme amis. Le vrai bonheur eſt de pouvoir ſe confier ſes plaiſirs & ſes peines ; & à qui les confier avec plus de délices qu'à l'objet qu'on aime, & avec qui on eſt lié pour la vie ?

TOINETTE.

Vous avez raiſon, Colin .... là vraiment, eſt-elle morte ?

COLIN.

Mais je te le jure, encore une fois ; & je te jure de plus, que pour profiter du droit des maris, je n'aurai jamais aucun ſecret pour toi ; prens la même liberté avec moi.

TOINETTE.

Eh bien, tenez, puiſque c'eſt notre de-

voir d'être finceres, je vais vous dire quelque chofe de bien plaifant.

A I R.

Admirez le rapport
Que nous avons enfemble;
Voici mon fort,
Au vôtre il reffemble;
Voici mon fort.

Croyez pourtant que je vous aime
Autant qu'on puiffe aimer;
Que je ferai toujours la même,
Que mon bonheur dépend de vous charmer.

Voici mon fort.

Un Officier paffa par ce village;
Qu'il étoit beau!
Lefte, pimpant, gentil corfage,
Et vif comme un oifeau.
J'eus beau m'en défendre;
Il m'adoroit,
Il foupiroit;
Je fus toujours tendre:
Il me prioit,
Il me preffoit,
Mon cœur palpitoit;
Il fallut fe rendre.

Voici mon fort.

COLIN
Eh bien ? Toinette ; eh bien ?

TOINETTE.
Eh bien, qu'eſt-ce? que voulez-vous que je vous diſe ?.... Voilà tout.

COLIN.
Mais tire-moi d'un trouble ſi cruel : qu'entens-tu par .... il fallut ſe rendre?

TOINETTE.
Mais j'entens comme tout le monde entend : c'eſt-à-dire, aimer. Rien n'eſt plus naturel.

COLIN.

A i r.

Dieux ! quelle eſt ma rage !
Quel affreux diſcours !

TOINETTE.
Vous n'êtes pas ſage.

COLIN.
Cet horrible outrage
De notre ménage
Va rompre le cours.

TOINETTE.
Vous criez toujours.

COLIN.

Cet horrible outrage . . . .

TOINETTE.

Eſt par-tout d'uſage:

COLIN.

Je cours à ta mere
Demander raiſon,
Elle & mon beau-pere
Sont à la maiſon . . . .

TOINETTE.

Quel eſt ce langage ?
Que tout ce tapage
Eſt peu de ſaiſon !

COLIN.

Dieux ! quelle eſt ma rage &c.
Colin ſort.

SCENE III.

TOINETTE.

VA, va, fourbe que tu es, tu ne cher-
chois qu'à me tromper : Comment
ſont donc tous les hommes, puiſque celui-
ci que j'aimois à cauſe de ſon air doux &

tranquille, me montre une humeur si ai-
gre & si acariâtre? Que d'injures il me dit
dès le premier jour! ah, pauvre Toinette,
quel augure pour l'avenir!

AIR. Nº. 2.

Quelle fureur & quels propos!
Voilà donc les hommes!
Sottes que nous sommes
De les aimer avec de tels défauts!
Mari, pere & mere,
Tout va fondre sur moi;
J'aurai tort, & pourquoi?
Ce qu'il a fait, n'ai-je donc pû le faire?

SCENE IV.

LUCAS, CLAUDEINE, TOINETTE.

LUCAS.

AIR.

QUe veut donc dire tout ceci?
Qu'a donc notre gendre?
J'accours, & ta mere aussi,
Pour de toi l'apprendre.
Faut qu'il soit bien mutin
Pour faire ainsi le train,

Crier comme un lutin.
Tout drès le matin.
Réponds, ma Toinette ;
Quel dépit si grand
Entre vous brusquement
Prend ?
Tu restes muette ;
Je juge d'abord
Que dans son transport
Ton mari n'a pas tort.

CLAUDEINE.

AIR.

Un mari dans ses droits
Souvent est peu traitable.

LUCAS.

Les femmes sont par fois
Querelleuses en diable.

CLAUDEINE.

En verité, Lucas . . . .

LUCAS.

Eh ! non, c'est toi, Claudeine.

CLAUDEINE.

Vous faites souvent du fracas,
Lorsque ça n'en vaut pas la peine.

LUCAS.

Combien de fois suis-tu mes pas,
Criant à perdre haleine ?

CLAUDEINE.
Les maris font jaloux.

LUCAS.
La femme eft perfide.

CLAUDEINE.
Il faudroit les noyer tous.

LUCAS.
Il faut lui tenir la bride.

CLAUDEINE.

Ils font quinteux,
Fiers, foupçonneux,
Hargneux, fâcheux;
C'eft un martyre.
Ils font fcabreux,
Calomnieux,
Injurieux,
Avantageux,
Enfin c'eft pis qu'on ne peut dire.

LUCAS.

AIR. Nº. 3.
Femme qui gronde, ma Claudeine,
Tant qu'elle a de l'haleine,
Faut la laiffer dauber.
De crier enfin l'on s'ennuie;
En tout cas, c'eft comme la pluie
Qu'il faut laiffer tomber.

Mais parbleu, fçachons donc la raifon de tout ce grabuge : ce bacchanal-là m'étourdit les oreilles. Qu'avez-vous enfemble ? Tu l'auras grondé ?

TOINETTE.

Non.

LUCAS.

Tu l'auras peut-être égratigné, battu?

TOINETTE.

Non.

LUCAS.

Parle donc.

CLAUDEINE.

N'allez-vous pas déja la gronder, avec votre ton brufque ? (*à Toinette.*) Viens ça, viens, mon enfant, conte ça à ta mere.

LUCAS.

A la fin ça m'impatiente : vîte, qu'eft-ce que c'eft ? Lui donnes-tu de la jaloufie, de l'ombrage?

TOINETTE.

Eh bien, oui.

LUCAS.

Pefte ! que je fuis rufé ! j'ai tatigué mis
le

le doigt deffus. Pár la jarniguoi, dis-moi
la vérité ; qu'eft-ce que c'eft ?

CLAUDEINE.

Votre Colin eft un fot. L'animal ! foup-
çonner ma Toinette ! L'impertinent ! oh !
je lui parlerai d'un ftyle qu'il pourra comprendre. Soupçonner ma Toinette !

LUCAS.

Hon, hon ; écoute, femme : 'tu fçais que
toute petite nous l'avons furprife minau-
dant & fe mirant par-tout ; je la crois un
tantet entichée de coquetterie. (*à Toinette.*)
Dis toujours, voyons.

TOINETTE.

A I R.

Ce matin
Mon Colin,
Plein de flamme,
M'a fait approcher,
Puis m'a dit : ma femme,
J'aurois beau chercher
Dans tout le village
Un plus beau vifage,
Des yeux plus charmans,
Et plus d'agrémens.
Toinette, je t'aime . . . .
Moi, j'ai dit de même.

B

Je fuis pourtant fâché
D'avoir été touché
D'un amour extrême
Pour un autre objet
Qui me plaifoit tout-à-fait.
A ce difcours fincere
Moi, j'ai répondu :
S'il étoit défendu
De plaire,
Que de tems l'on verroit perdu !
Un Officier d'armée
Me fit les yeux doux :
Comme vous aimée,
J'aimai comme vous . . . .
Mais d'abord
Son tranfport
A fait rage :
Il veut tout caffer,
Jufqu'au mariage.
J'ai voulu forcer
Son humeur fauvage
A devenir fage :
Il eft fans raifon ;
C'eft pis qu'un démon.

L U C A S.

Eh bien, Madame Claudeine, vous fça-
viez cela, & vous en faifiez myftère à votre
mari ?

C L A U D E I N E.

Eh oui, voilà une querelle bien placée...

Eh bien, quel mal a-t-elle fait ? Est-ce qu'une fille dit toutes ces balivernes-là ?

LUCAS.

Tout au moins fi elle en fait myftère à fa mere & à fon pere, pourquoi ne les pas taire à fon mari ?

TOINETTE.

Il y a de la furprife là-dedans, mon pere : il me parloit du contentement du ménage ; il m'a dit que la fincerité entre mari & femme y tenoit pour beaucoup : il a été franc avec moi ; ne devois-je pas l'être avec lui ?

LUCAS.

A I R.

Mais, morgué, quand j'y penfe,
C'eft Colin qu'a tort.
Je le blâme fort ;
Il mérite fa chance.

TOINETTE.

Je l'aurois fans doute aimé le premier, fi je l'avois connu avant l'autre.

A I R.

Un jeune cœur
Nous offre l'image

B ij

Du papillon qui vole autour de chaque fleur.
. Dans fa vive ardeur
Chaque objet l'engage.

Sur fes pas
Une rofe naiffante
Dans fon fein lui préfente
Mille appas ;
Il s'arrête,
Sa conquête
Ne dépend
Que de l'inftant.

Un jeune cœur &c.

L U C A S.

Allons, allons, je vois clair à tout ce tripotage. Laiffe-moi faire, ma pauvre Toinette ; le léndemain de ton mariage, il ne fera pas dit qu'un travers, un caprice te feront fervir de rifée. Laiffe-moi faire , je vas trouver Colin, je lui parlerai comme on doit parler ; ne t'inquiete de rien.

T O I N E T T E.

Oui , mon pere , parlez-lui bien.

L U C A S.

Quel tapage pour des vétilles ! ah, ah ! le plaifant homme ! la drôle de çarvelle !

Je vas lui parler ; ne t'embarraſſe pas.
(*Il ſort.*)

SCENE V.
CLAUDEINE, TOINETTE.

CLAUDEINE.

A i r.

J'Ai vû dans ma vie
  Bon nombre de ſots :
Dis-moi, je te prie,
Tient-on ces propos ?
Fut-il jamais ſote
Aſſez idiote
Pour lâcher ces mots ?

TOINETTE.

J'ai cru qu'en ménage
C'étoit un uſage.

CLAUDEINE.

C'eſt coucher trop gros.

A i r.

Sur cet article-là, ma fille,
On ne peut être trop diſcret.
Sur la moindre peccadille
Il faut garder le ſecret.

B iij

Les maris dans cette affaire
Sont toujours fâcheux :
C'eſt un crime près d'eux
Que d'être ſinçere.

SCENE VI.

LUCAS, CLAUDEINE, TOINETTE.

LUCAS *à part.*

OU diantre s'eſt-il fourré ? Je cherche, je cours par ci par là, je ne puis le trouver.... Mais voilà not' femme encore avec ſa fille ; écoutons-la tout bellement, & ſçachons une bonne fois ce qu'elle a dans l'ame.

CLAUDEINE *à* TOINETTE, *ſans voir* LUCAS.

A I R.

Toujours vers la tendreſſe
Vole un jeune cœur ;
Mais avec adreſſe
On cache ſon ardeur.
Quand j'épouſai ton pere
J'étois dans ton cas :
L'ai-je dit à Lucas ?

J'aurions eu du tracas,
De l'embarras,
Que sçaje, hélas !
Tout au contraire ;
Ne s' doutit de rien,
J'vivons tojours bien.
S'il me chiche noife,
Je crions plus fort.

LUCAS *à part.*

Ah ! quele matoife !

CLAUDEINE.

Il a toujurs tort.

LUCAS *paroiſſant.*

Pefte ! queu manigance ! Ah coquine ,
j'ai tout entndu .... Va, va, tu as beau
courir , je te rattraperai bien.

SCENE VII.
LUCAS.

AIR.

QUand on nous dit que la femme eſt parfide ,
On nous dit bien la pure verité.

Dans ſes devoirs elle eſt timide ,

Pour tromper lle est intrépide,
Ce n'est morgu que fausseté.

Quand on nous dit &c.

De cet affont
Sur mon ont
Je sens déja l'teinte.
Morgué, j'vas
Faire fracas
En porter m plainte.
Mais, hélas
On rira du pauvre ucas.

M'avoir fait cette rasque !
Je suis enragé.
J'aurois tout gagé,
Que son cœur fantaque
Ne s'étoit jamais engagé :
Mais la masque
De sa tendre ardeur
Avoit donné la primeur.

De cet affront &c.

SCENE VIII.

LUCAS, COLIN.

COLIN *à part.*

A I R.

OU porter ma peine ?

LUCAS *à part.*

Où cacher mon chagrin ?

COLIN *à part.*

Toinette !

LUCAS *à part.*

Claudeine !

COLIN.

Lucas !

LUCAS.

C'eſt vous, Colin !

COLIN.	Je viens pour vous dire...?
LUCAS.	Je viens vous inſtruire...
COLIN.	Un événement ....
LUCAS.	D'un rude accident.

COLIN.   Ma femme . . .

LUCAS.   Ma femme . . .

COLIN.   Eh ! non, c'eft moi.

LUCAS.   Eh ! non, c'eft moi.

COLIN.   On m'a fait . . .

LUCAS.   Qui ?

COLIN.   On m'a fait . . .

LUCAS.   Quoi ?

Enfemble.   Je fuis fur mon ame . . . .

LUCAS.   J'ai mon paquet.

COLIN.   Moi, j'ai mon fair.

Ma femme, &c.

L U C A S.

Morgué, plantons là
Ces deux friponnes-là.

C O L I N.

Comment donc, beau-pere ?

L U C A S.

Je fomm' vot' confrere.

C O L I N.

J'ignorois cela.

LUCAS.

Oui, morgué, la nôtre
Est comme la vôtre.
Morgué, plantons là
Ces deux friponnes-là.

COLIN.

J'y consens, beau-pere.

LUCAS.

Marchons tant que terre
Porter nous pourra.

Ensemble.

Morgué, plantons là
Ces deux friponnes-là.

SCENE IX.

LE BAILLI, LUCAS, COLIN.

LE BAILLI.

EH bien, eh bien, bonnes gens! comme vous vous chamaillez ensemble! Comment? dans le moment que vous entrez dans la famille l'un de l'autre...

COLIN.

Dans la famille vous-même, Monsieur

le Bailli .... Jarni , j’en enrage.

LE BAILLI.

Ah ! ah ! vos querelles font des querelles de contract. Mais, que diantre ! la noce
ne s’eft pas faite fans que tout foit rapa-
trié.

LUCAS & COLIN.

Vous ne nous entendez pas, Monfieur
le Bailli ; je ne lui en veux pas, à lui.

LE BAILLI.

Eh bien, calmez-vous donc ; vous faites un fabat qui met tout le village en
alarmes.

LUCAS & COLIN.

Monfieur l’Bailli, jugez-nous.

LE BAILLI.

Voyons.

LUCAS.

Cette coquine de Claudeine pour qui
vous avez eu des bontés de pere, & que
vous m’avez fait époufer .... eh bien,
Monfieur le Bailli, eh bien ....

COLIN *l’interrompant.*

Et moi, & moi, Monfieur le Bailli, je
ne prendrai pas en patience le beau fecret

dont Toinette m'a fait dépositaire. Comment, mordienne, je serois assez sot pour me charger d'elle, tandis que son cœur court peut-être à présent en Allemagne ou en Flandre après quelque galant Officier? Non, j'ai l'ame débonnaire, je n'aime point les gens de guerre, & encore moins les femmes qui les aiment.

LE BAILLI.

Colin n'est pas plus raisonnable que Lucas; en extravagance, les deux font la paire.

LUCAS & COLIN.

Quoi, vous voudriez . . . .

LE BAILLI.

Je veux, je veux que vous ne trouviez pas de crimes où il n'y en a pas : le moindre éclat peut vous donner le plus sot ridicule.

LUCAS & COLIN.

Le plus sot ridicule seroit de les garder.

LE BAILLI.

Le plus sot ridicule seroit d'en parler.

AIR. N°.

De vos chagrins je fçai la caufe ;
Vos femmes m'ont tout dit.
Ce n'eft pas une chofe
Qui doive vous troubler l'efprit.

LUCAS & COLIN.

Comment donc une offenfe
De cette efpéce-là ? . . .

LE BAILLI.

Gardez-en le filence.

LUCAS & COLIN.

Non, non, on la fçaura.

LE BAILLI.

De vous on fe rira.

LUCAS.

La femme eft, quand j'y penfe,
Un méchant bétail.

LE BAILLI.

Mon voifin, mon compere,
Confolez-vous de cette affaire,
Elle n'eft pas de votre bail.

LUCAS.

Ma fine, il a raifon. Ce que c'eft que
d'être Bailli ! Il l'entend d'un mot. Nous

avions tort, Colin, nous avions tort; je le crois.

LE BAILLI.

A i r. N°. 4.

A la ville, c'eſt vétille
Que cet accident-là.
Fillette gentille
Eſt ſujette à cela.
Que de Monſieurs d'importance,
De Robe ou de Finance,
Ont eu même lot,
Et n'en ſonnent mot.

SCENE DERNIERE.

LE BAILLI, CLAUDEINE, TOINETTE, LUCAS, COLIN.

LE BAILLI.

CLaudeine, Toinette, venez, venez; il faut vous expliquer devant vos maris. Qui n'entend qu'une partie n'entend rien.

CLAUDEINE & TOINETTE.

Nous avons trop peur.

LE BAILLI.

Approchez ; ne craignez rien. Toinette, qu'entendiez-vous quand vous difiez à Colin qu'il fallut fe rendre ?

TOINETTE.

Mais . . . Monfieur le Bailli . . . .

LE BAILLI.

Quoi, fe rendre à difcrétion ?

TOINETTE.

Oh bon ! vous badinez , Monfieur le Bailli ; à difcrétion ! Quöique je fois , un petit, niaife, je fçai bien que les Officiers n'en ont guercs.

LE BAILLI.

Allons , allons , vous ne m'entendez pas . . . . Voyons, que je vous parle plus clairement : y auroit-il eu quelque pourparler clandeftin ?

TOINETTE.

Clandeftin ! qu'eft-cc que cela ?

LE BAILLI.

Maugrebleu de l'innocente ! Comment

me

me faire comprendre ? Là .... quelque rendez-vous nocturne ?

TOINETTE.

. Nocturne, nocturne, je n'entends pas.

LE BAILLI.

Eh oui, ventrebleu, quelque rendez-vous de nuit.

TOINETTE.

De nuit ! Monfieur le Bailli ; oh je fuis trop peureufe.

COLIN

Ah ! Monfieur le Bailli, je vois bien à fon innocence que je ne fuis qu'une bête dans mes foupçons.

LUCAS.

Oui, Colin, nous ne fommes qu'une bête.

LE BAILLI.

Allez, allez, cela, de bon compte, en fait bien deux. Accufer injuftement deux femmes qui ont toujours été l'exemple du village.

C

CLAUDEINE.

Vous le fçavez, Monfieur le Bailli ; vous le fçavez.

LE BAILLI.

Allons, n'en parlons plus, voilà tout arrangé : la paix eft faite.

CLAUDEINE & TOINETTE.

Monfieur le Bailli, bien obligé.

QUATUOR.

LUCAS & COLIN.	CLAUDEINE & TOINETTE.
Oui, v'la ton pardon :	Chaffez le foupçon
Claudeine ⎱ fois fage,	Si vous êtes fage ;
Toinette ⎰	
Plus de carillon	Plus de carillon
Dans notre ménage.	Dans notre ménage.

AIR DU BALLET.
DUO. N°. 5.

L'Amour veut du myftere,
Jufqu'en fes moindres plaifirs ;
L'Amant qui fçait fe taire
Attendrit par fes foupirs.

De fon ame
La flamme

Brille mieux
Dans ſes yeux.
Dans ſes diſcours
Nous craignons toujours
Quelques ruſes , quelques détours.

L'Amour &c.

VAUDEVILLE. N°. 6.

MArgot dit à ſa mere,
Voyez Lubin , qu'il eſt charmant!
Jeune , badin , taillé pour plaire ;
Tenez , je l'aime infiniment.
Taiſez-vous , Peronnelle ,
Dit la mere , & ſonge pour elle
A tendre à Lubin ſes filets.
Voilà les Aveux indiſcrets.

Plein de ſon ſçavoir-faire ,
Un Procureur à tout propos
Se vantoit qu'en la moindre affaire
Il ſçavoit toujours gagner gros.
A cet avis utile
Tout Plaideur fuit cet homme habile ,
Par la crainte qu'il a des frais.
Voilà les Aveux indiſcrets.

Au Seigneur d'not' village
Mathurin s'plaignoit l'autre jour,
De c'qu'aimant fa femme à la rage,
Al' n'avoit point pour lui d'amour.
Le Seigneur plein de zéle,
Y court, & fait tant auprès d'elle,
Qu'à leur ménage il rend la paix.
Voilà les Aveux indifcrets.

Au Parterre.

Quand d'un nouvel Ouvrage
Vous paroiffez fatisfaits;
Meffieurs, votre fuffrage
Met le comble à nos fouhaits?

La Critique
Qui pique
Les Auteurs,
Les Acteurs,
Venant de vous,
Prend pour eux, pour nous,
Un ton plus utile & plus doux.

Quand d'un nouvel Ouvrage, &c.

9 782019 979676